春疾風

Tonegawa Keiichi

利根川啓一句集

ふらんす堂

序

『春疾風』は、利根川啓一さんの第一句集である。句集名は、平成三十一年に所沢市俳句連盟主催の俳句大会において新設された、第一回「角川『俳句』賞」を受賞された次の句による。

春疾風三富の畑捲り上げ

「三富」は、元禄七年川越藩主柳沢吉保の命により江戸時代に開拓された上富・中富・下富よりなる新田集落の総称である。三富は、関東ローム層による火山灰土のため土が細かく、春先の強い風が乾いた土を巻上げる。時には、三富一帯の空が暗くなることもある。啓一さんは、何時も下富や中富の辺りを一人吟行されており、雨の日も、風の強い日にも歩き「畑捲り上げ」の措辞を授かったことにより、臨場感のある作品となったのである。

　啓一さんが俳句を始められたのは、平成二十年に所沢市生涯学習センターで開かれた俳句の「初心者講座」に始まる。二十三年にはNHK・カルチャーラジオで深見けん二先生が講師をされた「選は創作なり　高浜虚子を読み解く」を受講され、俳句の魅力に心を動かされたという。丁度、その頃に所沢市富岡公民館主催事業として、私が講師を務めた「初心者俳句教室」に参加頂き、さらに二十四年の「雨蛙俳句会」創刊と同時に入会された。現在は、雨蛙俳句会の同人として、また、俳人協会会員として句作に励んでおられる。俳句を始めて十二年。干支を一周したのを機に、句集を編まれることを思い立たれた。啓一さんの句集を一句一句味わうと、深見先生の「花鳥諷詠・客観写生」を地道に勉強しておられる努力家であることが分かる。平成二十年から二十四年の句の中に

　被災児の作文に夢名草の芽

被災地の廃戸の庭の落し文

妻偲ぶ友と仰ぐや十三夜

東日本大震災が起きたのは、平成二十三年三月十一日であった。「十三夜」は津波により妻を亡くされた友人の、妻を偲ぶ心に寄り添った季語であり、震災からの復興への祈りを込めた句である。さらにその思いは被災された方々全体へと広がり、被災児の作文を読み、廃戸を訪ねて友人と語り合い、共に鎮魂を祈った。同じ頃に、海外で詠まれた句は

大夏野草食む牛の見はるかす　スペイン

ベルリンの壁を跨ぐや遠き雷　ドイツ

月光にしづかに浮かぶパルテノン　ギリシャ

スペインの大自然に広がる大牧場。東西ドイツのイデオロギーの対立（一九六一年～一九八九年）で約三十年間「ベルリンの壁」が設けられていたが、その

壁の跡を跨いだ瞬間の大きな感慨を、奥様と共有されたのである。ギリシャでは、月に浮かぶ宮殿に、ただ立ち尽くした。また、吟行にも率先して参加され、沢山の句を詠んでいる。

子規庵の糸瓜は屋根に昇るかな
秋川の流れをおほふ薄かな
龍勢のあがる秩父や秋高し
寺あげて障子張り替ふ深大寺

子規庵・秋川・秩父・深大寺。句の内容が鮮明であり、ここにも客観写生の技が生かされている。

酔芙蓉気楽暮しも七年目

職を退いて七年。健康で自由時間がたっぷりあり、いよいよ俳句づくりにのめり込まれた時期である。平成二十五年から二十六年は、旅に、観劇に思いのまま。

大漁節流るる港雪濁り
歌舞伎座の杮落としや春の雨
奈良の夜静寂にひびく鹿の声
道後路の坊っちゃん列車漱石忌
エアコンも炬燵も点けて老い二人

一句目は、「雪濁り」から北陸の大漁に沸く寒鰤漁が想像される。二句目は、平成二十五年に改築された歌舞伎座。三、四句目は、奈良や四国へ奥様との旅。啓一さんは表立って奥様を詠まれるのではなく、五句目のように句の中に奥様が溶け込んでおり、長年愛しんで暮らして来られた味わいがある。陰になり日向になり、何時でもお二人は寄り添って生きているのである。

定まらぬオペ後の予定夏の月

臥すことのつらさに気づく羽抜鳥
豊作の笑顔に翳のありにけり
一本道ひたすら歩む暮の秋

その静かで豊かな暮しに変化の起きたのは、平成二十六年。突然、手術に至る大病をされたことである。それでも平成二十七年の句では、自分を「羽抜鳥」と喩える気丈さ。私も癌の手術をしているので、その心身の辛さが良く分かる。この時期の作品は、影を帯びた句が多いが、それは、病を諾いつつ生きて行くという、大いなる覚悟のせいであろう。二十八・二十九年の句には

リハビリの一歩一歩に風薫る
患ひし身を労れと寒の水
連日の妻の見舞や林檎の香
手術後の嗄れ声や糸瓜水
入院と通院に暮れ日記買ふ

書を読みつ快復念じ冬籠

句を詠むことで自らを励まし、奮い立たせていたのであろう。何れも病の句でありながら、どこか明るさがある。それはどの句からも奥様が関わっていることが分かるからである。風薫る・寒の水・林檎の香・糸瓜水・日記買ふ・冬籠。私には、どの句の季語にも、治癒を祈るお二人の心が深く感じられるのである。三十年の句から

一日を一生と生く梅真白

朝寝して夢見の一句うたかたと

朝焼や術後の我にあしたの来

一年を手術に暮れて秋高し

一句目。一日一日を大切に生きることを白梅に託した。大病をしたからこそ知った命の重さ。二句目は、寝ても覚めても夢の中でも俳句を考えるほど。朝

焼の句は、「術後の我にあしたの来」と回復の喜びを嚙みしめた。「秋高し」の季語からは体調の回復が実感されたことが伝わってくる。

リハビリに通ふ病院返り花

だが、三年という長きにわたる闘病生活は終わりではなく、今後も病院通いやリハビリは続く。しかし、いま、啓一さんは病により、生きていることの有り難さを嚙みしめ、一日一日を丁寧に過ごしておられる。この上も健康に留意され第二句集へと励まれることを期待する。

令和三年九月吉日

鈴木すぐる

春疾風／目次

句集
春疾風

Ⅰ

平成二十年〜二十四年

初詣天に聳ゆる大銀杏

参道に餅花売りの声高し

大空に富士を仰ぎて達磨市

初春や句座の仲間も改まり

成人の日二人で掛くる絵馬一つ

春寒や関鯖仕込む小料理屋

啓蟄や力車ゆるりと蔵の町

涅槃会や一直線の飛行機雲

被災児の作文に夢名草の芽

愛憎の別離行き交ふ弥生かな

殿ヶ谷戸空に響ける初音かな

女子会の会話弾めり桜餅

金縷梅や大き名札の研修生

春の宵そぞろ歩きの蔵の町

陸前高田にて

地区民の建てる仮設や風光る

真青なる空に溶け合ふ桜かな

スカイツリー川面に揺るる柳かな

蠟燭の昭和の明り荷風の忌

玉砂利の音重々し梅雨の入

花菖蒲あのときここは液状化

天空に階かける雲の峰

苺なり妻に笑顔のこぼれけり

縁日の金魚一匹残りをり

戸を閉づる腕に墜つる守宮かな

退院の一歩は百歩夏の雲

日日草長寿への道腹七分

被災地の廃戸の庭の落し文

蟬時雨節電暮し板に付く

草を刈る線路工夫に日射し濃く

炎天や退院の日の手の白し

朝凪や船影見えぬ志摩の浦

色褪せてなほも咲き切る七変化

スペインにて

大夏野草食む牛の見はるかす

ドイツにて四句

香水やライン下りのローレライ

船舫ふライン河畔や夏の月

ポツダム会談ありし宮殿新樹光

ベルリンの壁を跨ぐや遠き雷

夕さりのトトロの森や月涼し

七夕や墨絵のやうな蔵の町

従軍の語部老ゆる終戦日

孫帰り二人佇む秋の暮

彼岸花湖に手向ける媼かな

屋根裏に萱蓄ふる山家かな

あれこれと本積み上ぐる夜長かな

妻偲ぶ友と仰ぐや十三夜

子規臥しし部屋に座するや鶏頭花

山津波襲ひし村やつるし柿

身に沁むや収骨室の刷毛の音

子規庵の糸瓜は屋根に昇るかな

裁縫の妻の手見入る夜長かな

山峡の里の歌舞伎や天高し

足摺の金剛福寺鶏頭花

秋川の流れをおほふ薄かな

龍勢のあがる秩父や秋高し

日を浴びてたわわに実る富有柿

酔芙蓉気楽暮しも七年目

墓のごと高層ビルや鳥渡る

大落暉茜に染むる芒原

防波堤波頭牙剝く野分かな

パソコンに時を忘れし夜長かな

ギリシャにて

月光にしづかに浮かぶパルテノン

寺あげて障子張り替ふ深大寺

参道に拍子木響く一の酉

立冬や里に繰り出す親子猿

凍星になりて飛行士宙を飛ぶ

露天風呂柚子にうもるる冬至かな

餌を食ぶる象のはな子や冬ぬくし

雲間より日のカーテンや大枯野

冬茜影絵のやうな富士の峰

初雪や被災地の友偲ばるる

金色のポテトサラダの聖夜かな

アメ横の呼び込み忙し師走かな

追儺式社を埋むる氏子衆

Ⅱ　平成二十五年〜二十六年

平成も四半世紀や年新た

葉先より松輝きて初日の出

初参り朱の剝落の仁王の威

水銀灯四方に発光冴返る

喜多川歌麿の大作

啓蟄や「深川の雪」世に出づる

大漁節流るる港雪濁り

草餅の旗ひるがへる蔵の店

うららかやぼわあんと響く時の鐘

楓の芽切らば血汐の噴き出でん

歌舞伎座の柿落としや春の雨

花の雨歌舞伎役者の御練かな

春一番己が歩みの老いにけり

さわらびや里山の裾盛り上がる

山頂の茶屋の名物木の芽和

春風や背広の社章まばゆかり

秩父路に銀輪映ゆる五月かな

一日は何はさておき新茶かな

早乙女の歌声響く棚田かな

久方に開きし蔵書梅雨湿り

輩の癌のしらせや五月雨るる

雲の峰楼門天に聳えけり

夏蝶とともに歩めりお鷹道

雲の峰幾世くづるる国分寺

万緑の中にしづもる師弟句碑

雲の峰この源流の岩しづく

国分寺の崖の湧水冷し酒

薔薇園に車椅子押す娘かな

羽抜鳥年毎ふゆる吾が病

手術終へ床より眺む夏の雲

万緑に染まり草田男句碑の立つ

紫陽花や自転車並ぶ書道塾

ひまはりの折れし一つと目が合ひぬ

追悼の遺族老いたり終戦日

棚経の火影に映ゆる位牌かな

底紅や今あるのみと今を生く

どっしりと富士の霊峰野分あと

生垣をからめとりたり烏瓜

昭和の農伝ふ谷戸田や稲穂波

新酒酌み問はず語りの夕べかな

街を練るサンバのリズム天高し

生きるとは免疫力や弁慶草

つるし柿漆喰壁に影ゆるる

のびのびと手足を伸ばす秋の昼

若者のスマホ中毒秋暑し

生かされて今を生き抜く天高し

木の末にもずの速贄日の暮るる

御嶽山噴煙浴びしななかまど

新米や母のむすびし塩むすび

奈良の夜静寂にひびく鹿の声

芭蕉忌やビル立ち並ぶ千住の地

冬めくや耳付き帽の豆腐売り

小春日や露座の大仏頬ゆるみ

道後路の坊っちゃん列車漱石忌

冬茜飛行機雲を朱に染め

枯野道鎌倉攻めの古戦場

長瀞の岩に育ちし氷柱かな

悴む手高く掲ぐるバスガイド

雪しまく武蔵野台地深閑と

エアコンも炬燵も点けて老い二人

蟷螂枯るいざ鎌倉の古道かな

逝きし人思ひ出さるる年の暮

Ⅲ

平成二十七年

おみくじの華さく宮や年始め

ゆつたりと香味はひ七日粥

七種の囃子のもるる厨かな

オーバーに手を突つ込んで通夜帰り

両の手に風船にぎり肩車

春浅し抱ふる猫のぬくみかな

梅くれなゐに燃ゆ我に闘志燃ゆ

まんさくや志望大学合格書

図書館の本にうつ伏す目借時

新幹線春の光を北陸へ

院内をめぐる花見の車椅子

山茱萸の花畳のへりの葵紋

湖に光あふれて鳥帰る

下萌の土手をころがる漢かな

茶畑にそびゆる富士の高嶺かな

押し合ひて大き口開く燕の子

川下り新緑を浴びしぶき浴ぶ

きびきびと開襟シャツの乗務員

遡上する鮎の跳ね飛ぶ浅瀬かな

箱眼鏡覗き昆布に竿を入る

プランター初めて実るトマトかな

ぬぐつてもぬぐつても汗球を追ふ

青空の底は青葉の世界かな

万緑や鐘の音峡にこだませり

無人駅麦藁帽の釣り師降る

江ノ電は宙飛ぶやうや夏の海

渋滞の片瀬海岸雲の峰

青蜥蜴身をひるがへし石の陰

釣糸の一閃鮎の宙を舞ふ

定まらぬオペ後の予定夏の月

臥すことのつらさに気づく羽抜鳥

常の世は常の世ならず浮いて来い

地平まで向日葵畑空碧し

父付けし和子てふ名や終戦日

戦跡の遺骨収集草の花

秋黴雨ふいに壊るる乾燥機

無花果やシルクロードの西の果て

洛中の名所をたづね秋惜しむ

大漁旗浦々に満ち秋祭

数寄屋橋跡の碑秋思かな

豊作の笑顔に翳のありにけり

台風圏屋根に石積む家二軒

落葉松の林に入りて秋惜しむ
一本道ひたすら歩む暮の秋

異邦人目立つ仲見世年の市

湯たんぽの母の手縫ひの袋かな

コンサートはねし人込み冬の月

枯葉舞ふモンマルトルの似顔絵師

木漏日に煙の映ゆる焚火かな

Ⅳ

平成二十八年

ふるさとを目指す夜汽車に去年今年

過ぎし日の路地の賑はひ手毬唄

啓蟄や道路工事のそちこちに
ひとり家に梅と椿の咲き満てり

そよ風に揺るるあえかな黄水仙

息合はす足場職人冴返る

草青む小手指ヶ原古戦場

長靴を履いてはしゃぐ子春の泥

托鉢僧たたずむ銀座柳陰
暮れなづむ花壇に立ちて春惜しむ

逃げ水を追うて武蔵野果てにけり

リハビリの一歩一歩に風薫る

菖蒲田の花がら摘みの娘かな

山門へ誘ふやうに濃紫陽花

そら豆や鞘の碧より実の碧し

木香薔薇波打つやうに傾れけり

蘆茂る釧路湿原渺渺と

半夏生白磁の白を深めけり

見霽かすソーラーパネル夏の原

雲海の浮島となる竹田城

唇をトマトに染めてナポリタン

黙禱の鐘の響きや広島忌

大温室しろがね映ゆる残暑かな

朝顔や紺の花心の紅ほのか

底紅や力の限り老いを生く

草の露真珠の光放ちけり

見霽かす花野の人の小さき影

白煙をひいて龍勢秋高し

笹原の露分け古道尋ねけり

霧しまき甲斐の山々呑み込めり

八方に広ごる大樹小鳥来る

干支の猿抱いて秋思の羅漢かな

いわし雲漁師走らす釧路港

秋寒の古傷痛む朝かな

茶の花を一輪床に挿す茶室
どうだんの紅を深むる寒さかな

寒鰤の刺身角立つ氷見漁港

鱈ちりの湯気からぬつと女将かな

枯蟷螂磴に構へて動かざり

白鳥の水搔きひろげ滑水す

しぐるるや山懐の幻住庵

雪晴や月さえざえとひんがしに

息白く箒目つけて掃きにけり

堂ふるふ歓喜のうたや年の暮

V

平成二十九年

畳なはる秩父嶺に富士初景色

成人の日笑顔ゑがほの晴れ着かな

患ひし身を労れと寒の水

早咲きと遅咲きの梅人もまた

菜の花と桜を縫ひて一輛車

小筆やら太筆めける辛夷の芽

梅の花遅速の妙のありにけり

街道の空をおほへる桜かな

蛙合戦昔話の村の畔

骨揚げの透きとほる白冴返る

水温む釣り竿握る手に力

かづら橋ゆるる祖谷渓若葉風

若葉風乙女の髪は濡れ羽色

柿若葉時は掌こぼれ落つ

スカイツリー望む病室梅雨の月

五月雨にけぶる金堂中尊寺

万緑や奥多摩瀬音するばかり

居酒屋の油煙まみれの団扇かな

木の下のベンチに寝る児夏休み

梔子の白を呑み込む夜の闇

噴水にレフ板翳しロケーション

毘沙門堂紅葉に染まる多聞院

秋天に孤高の富士の白嶺かな

連日の妻の見舞や林檎の香

手術後の嗄れ声や糸瓜水

看護師にコールコールや長き夜

吊し柿夕日に映ゆる山家かな

冬空に銀の一閃航空ショー

年末ジャンボ夢買ふ人の長き列
ボーナス日卓を賑はす料理かな

汀にて羽に顔埋め休む鴨

入院と通院に暮れ日記買ふ

オリンピック見据ゑ三年日記買ふ

霜柱さくさく踏む子火照り顔

くつきりと富士の影絵や冬夕焼

書を読みつつ快復念じ冬籠

築地市場埋むるトラック年の暮

Ⅵ　平成三十年

奉納の戌の大絵馬初社

木の香る新手水舎や淑気満つ

読初めの不易流行去来抄

初夢の癒えて過ごせる一日かな

冴返るサイレン高き消防車

一日を一生と生く梅真白

早春の野山彩る光かな

青空に雲ふんはりと辛夷咲く

朝寝して夢見の一句うたかたと

春の闇咳き込み押ふ手術傷

花筏外濠ほのと桜色
暖かやけんけんの声路地に飛ぶ

春一番中折れ帽を追ふ紳士

八重桜ふと母の名の浮かびけり

こどもの日記念手形のアートかな

青梅や胸にきらめく社員章

胸元の大きブラウス夏来る

焼きそばの屋台の主玉の汗

応援団汗吹き飛ばし旗を振る

冷蔵庫三種の神器てふ昭和

神輿遯る築地場外こぬか雨

朝焼や術後の我にあしたの来

蒼天にハイビスカスの赤映ゆる

波蹴立て一本釣りの鰹船

編み笠に沈むかんばせ風の盆

秋日和築地市場の歴史閉づ

朽ち船を浜に打ち上ぐ秋の濤

茶席たつ和装の乙女秋扇

碁会所の手擦れの忘れ扇かな

朝顔や松を絡めて高みへと

一年を手術に暮れて秋高し

阿蘇山へなびく薄や草千里

木の実落つ末は大樹にならんとす

積まれたる献花の束や秋の海

高館に義経偲ぶ芭蕉の忌

車椅子押す夫の笑む小春かな

マロニエの落葉踏みしむシャンゼリゼ

隙間風昔話となりにけり

輩の若やぐ顔やや年忘

胃カメラの検査終了冬うらら

老いるとは生きることや石蕗の花

トナカイと橇の寄木や冬日和

神主も巫女も総出の年用意

共稼ぎネット頼みの年用意

手分けして夫婦それぞれ年用意

Ⅶ

平成三十一年／令和元年

松の内晴れ着行き交ふ丸の内

蒼天に雲湧くごとし梅真白

筑波嶺に霞たなびく朝かな

ゴンドラに揺るるヴェネツィア風光る

公園の一隅花菜明かりかな

亀鳴くや届けられたる忘れ物

平成の掉尾を飾り花万菜

面打ちをすさびてふ友遅桜

号外は新元号や四月来る

令和てふ新元号や君子蘭

杖ついて見上ぐる媼初桜

春疾風三富の畑捲り上げ

いづこでも住めば都や山笑ふ

耕や三富の畑黒光り

行く春や近江に訪へる芭蕉句碑

万葉集偲ぶ大宰府風薫る

郭公や今日の一日のすがすがし

梅雨雲に機首を突き刺す女満別

晴れも雨も人の世の常七変化
四阿に老いの鼎談梅雨晴れ間

ホームラン団扇のとまる野球場

鰻屋の秘伝のたれの染む団扇

焼き鳥屋匂ひ振りまく団扇かな

両国の闇を彩る花火かな

木漏れ日の一筋走る著莪の花

薄暗き樹間の池に緋鯉かな

盆前の墓石を抱く雨蛙

竹林の風の涼しき葉擦れかな

雲の峰大海原へ漁り舟

漆黒の尾瀬の湿原天の川

唐黍を焼く香の誘ふ屋台かな

保津峡の紅葉に染まる船下り

渓谷の車窓に映ゆる紅葉かな

浅草に和装の異人秋うらら

ロープウェイ目指す山頂秋高し

卓囲む親子三代秋ともし

禅寺のひねもす響む法師蟬

旭日に染まる中州や渡り鳥

鳥渡る煙の目に沁むバーベキュー

旅立ちの千住しぐるる芭蕉の忌

縁の姥話が弾む小春かな

リハビリに通ふ病院返り花

小春日の芝に寝転ぶ漢かな

冬霞始発電車の灯の仄か

いにしへの四天王寺の蕪菁かな

青青と空広ごるや枯木立

防火用大書のバケツ初氷

数へ日やせかす心に歩はつかず

あとがき

私は、平成十七年三月の退職後、それまで縁の薄かった地域活動への参加を考え、高齢化時代を見据え健康体力づくりのサークル活動への参加を手始めに、文化活動にも力を入れていました。その折りに、市の生涯学習センターにおいて平成二十年に俳句の「初心者講座」が開催されるというチラシを目にして講座に参加したのが私の俳句始めです。

それ以来俳句への関心を深め、平成二十三年の四月から六月までＮＨＫのカルチャーラジオで「選は創作なり　高浜虚子を読み解く」という深見けん二先生の講演を受講し、俳句に対する取り組みに力を入れ始めました。さらに、同年初めから「とみおか句楽会」で指導をいただいている鈴木すぐる先生が平成二十四年四月に主宰として立ち上げられた「雨蛙俳句会」に入会して作句に打ち込み今日に至っています。

その後、平成二十六年から三十年には、三度の入院、手術というかつて無い難儀に遭遇しました。幸いこれを乗り越えることができ今日を迎えていますが、入院中は俳句のお陰で随分気を紛らわすことができました。

このような中で俳句生活も十二年という節目を迎えた記念に句集を編みたいと思い立ちました。

句集名「春疾風」は「春疾風三富の畑捲り上げ」によるものです。この句は、平成三十一年春の所沢市俳句連盟主催の市民俳句大会において創設された「角川『俳句』賞」の第一回受賞となった思い出深い作品です。

句集出版に際し鈴木すぐる主宰には、ご多忙の中選句の労をお執りいただき、その上、身に余る序文を頂き厚く御礼申し上げます。

また、平成二十年の俳句講座から発展した爽風句会においてご指導をいただいている半田卓郎先生に深く感謝申し上げます。

また、各句会の会員の皆様には日頃いろいろなご支援をいただき厚く御礼申し上げます。

最後に、病後の我が身を陰に陽に支えてくれる妻よし子に感謝の意を表します。

令和三年十月吉日

利根川啓一

著者略歴

利根川啓一（とねがわ　けいいち）

昭和19年３月　東京都淀橋区生まれ
平成20年４月　所沢市の生涯学習センターでの俳句の「初心者講座」にて俳句を始める。のちに「爽風句会」となる。
平成24年４月　「雨蛙俳句会」入会
平成29年４月　「雨蛙俳句会」同人
平成31年４月　俳人協会会員

現住所　〒359-1111　埼玉県所沢市緑町４－18－４

句集　春疾風　はるはやて
二〇二二年四月二七日　初版発行
著　者――利根川啓一
発行人――山岡喜美子
発行所――ふらんす堂
〒182-0002 東京都調布市仙川町一―一五―三八―二F
電　話――〇三（三三二六）九〇六一　FAX〇三（三三二六）六九一九
ホームページ http://furansudo.com/ E-mail info@furansudo.com
振　替――〇〇一七〇―一―一八四一七三
装　幀――君嶋真理子
印刷所――明誠企画㈱
製本所――㈱松岳社
定　価――本体二七〇〇円＋税
ISBN978-4-7814-1453-9 C0092 ¥2700E